ガダルカナル島帰還兵が語る！
平和の願い

釣部二郎 著
釣部人裕 著

もくじ

第１章　慰霊巡拝・散骨の旅

「俺が死んだら、遺骨をお婆ちゃんのお墓と戦友の眠るガ島に散骨してほしい」

「ガ島は遠いし、直行便もないし、ドル箱路線じゃないから、飛行機代も高い。無理しなくていいからな。沖縄の海でもいい。何なら千葉や神奈川の海でもいい。太平洋に撒いてくれ。太平洋とガ島はつながっているから」

　そう言われてはいても、私は、ガ島に散骨に行くことも、かといって、千葉や神奈川の海に撒くこともできなかった。

1、遺言

私の父、釣部二郎が八九歳で他界したのは二〇〇七年晩秋のことだった。父の口癖は、「人間歩けなくなったら終わりだ」で、散歩を日課としていた。夜中に調子が悪くなり、救急車で病院に行き、肺炎と肝臓がん末期と分かり、肺炎を治し、退院した直後から、在宅医療の医師の勧める点滴を断り、私たち家族に見守られて（手とつなぎながら）息を引き取った。

父は第二次大戦のガダルカナル島(以下、ガ島)から生還した。都合四次にわたる総攻撃をくぐりぬけてのことだった。

晩酌派で、爆撃で鼓膜破れていて、飲むと声が大きくなり、「今日●月●日は、△△に居て、◇◇をしていた」などといつも戦争の話をしていた。**父の回想は、何年経ってもガ島の戦いから更新されていなかった。**話の最後は、決まって「俺が死んだら、遺骨をお婆ちゃんのお墓と戦友の眠るガ島に散骨してほしい」であった。

二郎は私が社会人になるのを待って妻晴子と離婚していた。私は一五年前に二郎と同居をはじめた。その時は、私の妻と子ども二人と一緒に暮らしていた。週に一回、家族全員で食事をし、二郎の好きなサッポロビールを飲むことにしていた。子どもたちの保育園の送り迎えもしてくれ、孫の成長を楽しみにしていた。

ある先輩から、「お前いくつになった？　東京オリンピックの年に還暦か？　墓参り行っているか？　祖先を大事にしろよ」と言われた言葉が気にはなっていたが、父と熟年離婚した母とは疎遠だったため、私釣部人裕は実家に帰っていなかった。

二〇一七年は、昭和三十六年生まれの人にとっては、「清算」の年らしい。同期の友人の高橋伸子さんが事ある度に「釣さん！　私たち今年が清算の年なんだよ。清算したことある？」と聞いてくる。そのたびに、墓参りと親父の骨をガ島に散骨していないことを思い出していた。

親父はこうも言っていた。

「ガ島は遠いし、直行便もないし、ドル箱路線じゃないから、飛行機代も高い。無理しなくていいからな。沖縄の海でもいい。何なら千葉や神奈川の海でもいい。太平洋に撒いてくれ。太平洋とガ島はつながっているから…」

そう言われてはいても、私は、ガ島に散骨に行くことも、かといって、千葉や神奈川の海に撒くこともできなかった。散骨用の小さな缶に入った親父の骨は、私の部屋の仏壇のような場所、親父の写真の下に置きっぱなしだった。

この年の十月、私が教師を辞めた後、一度も連絡と取り会うことのなかった北海道の教え子から、「修学旅行の引率で東京に来るので会えませんか？」と二十年ぶりにフェイスブックメッセンジャーで連絡が来た。

二人は昼食時、品川の店で会った。彼は一番弟子的な存在であったが、私は彼を捨て、教育界から去った存在だった。昼食をしながら中ジョッキを一杯だけ飲み、緊張しながらも二十年の時を埋めた。

私は驚いた。多くの先輩や同僚が、がんで亡くなっていたり、認知症になっていたり、うつ病で休職していたからだ。私は、自分もそういう年齢になったのだと思い、いろいろと清算しようと決意した。


十一月十二日が二郎の命日だったので、墓参りを決意した。とはいえ、実家に帰るのも二十年ぶり。墓地の場所も曖昧だ。仕方がない、八十六歳になる母に電話で聞くしかない。

「お母さん、俺だけど…」

特殊詐欺のような電話の掛け方だ。

「あー、人裕かい。ずいぶん久しぶりだね」

こりゃ、ダメだ。特殊詐欺に引っかかる。

「母さん、名前言っちゃダメだよ。老人狙ったオレオレ詐欺にひっかかるよ」

「何言ってるの。年寄りだからってバカにするんじゃありません。息子の声くらいわかりますよ。それにそもそも家には、引っかかるようなお金は持っていませんから…」

まずいパターンだ。こうやっていつも本筋からズレ、険悪な雰囲気になる。こういう時は、相手にしないに限る。

「あのさ、墓参りに行こうと思うんだけど、場所が曖昧でさー、墓地の名前と住所教えてくれる？」

「あら、私を墓参りに連れてってくれるの？　脚悪くして、今年行けていないのよ」

私は、そんな気はさらさらなかったが、そんなこと言う訳にもいかない。

「あー、まあ、うん」

「ありがとうね」

予想もしない返事が返ってきた。ここ十数年、私への文句や同居した親父への過去の文句しか聞いたことがなかった。

2、墓参り

十一月十一日、羽田空港から千歳空港に向かった。実家に寄り、墓地への行き方を教えてもらい、線香、ろうそく、ライター、雑巾など一式を借りた。

母は、私たち夫婦を見て安心したのか、「私は行かなくても大丈夫そうだから、あなたたちだけで行って来て、明日又来て、報告してちょうだい」と言うと、札幌ラーメンを食べに行こうと言い始めた。個人的には、夜は妻を連れて、札幌ビール園のジンギスカン（我々は、ジンギと呼ぶ）の食べ放題に連れて行こうと思っていたのだが、まあ、これも親孝行だと思い、腹も減ってはいなかったが付き合った。

二郎の命日を前に、母晴子は昔の二郎の話をした。教会に多額の寄付をし、幼稚園を作るために土地を提供しようとしたこと、ドイツから来た神父さんに車を提供したこと、彼女がいて結核で死ぬとわかった時に籍を入れた前妻がいたこと、結婚の経緯、教会と離れた経緯など、今まで聞いていなかった話だった。子どもの頃、傷痍軍人を避けて歩いていたこと、靖国神社を嫌っていたこと、保険に入ってほしいと戦友が訪ねてきた翌年からお盆の一木支隊の集まりに参加しなくなったこと、墓参りでは、釣部姓で知らない女性の名前が一人刻まれている墓石にも線香をあげていたこと、志願兵だったことなどを思い出していた。

翌日、地下鉄とタクシーを乗り継いで、白石にあるカトリック墓地に向かった。墓石の場所は行くとすぐにだいたいの場所を思い出し、すぐに見つかった。二人は、祖父母、二郎、二郎の兄妹が眠る墓にお参りをした。

墓石を掃除しながら裏側に掘られた先祖の名前を見た時、

「そろそろどうだ？　近いうちに俺の骨をガ島へ散骨してほしい！」

という父の声が聞こえた気がした。

何としても遺言を実行せねばとの衝動が走った。夜、旅行サイトを検索すると、クリスマス前に**三泊五日のガ島戦跡めぐりツアー**があった。

現代では信じられないが、父の話では当時、健康で元気な若者は志願しないという選択ができる風潮ではなかったそうだ。学校やニュースなどで、洗脳されるように多くの若者が志願した。父も例外ではなく、昭和十四年に赤紙（召集令状）が届いた。二十三歳の時であった。旭川の一木支隊下に配属された。新兵のいじめはきつかったが、耐えるしかなかった。父は、運よく通信班に配属された。

一九四二年（昭和十七年）八月七日、一木支隊二

千名が乗った『大福丸』『ぽすとん丸』は、宇品を目指し、グアム島から帰国の途についた。ミッドウェイ環礁のサンド島とイースター島上陸作戦が中止になってのことであった。これで祖国に生きて帰られるとみな喜んでいた。その日の夕刻、急に反転して、グアム島に引き返すことになった。そして、行先も知らされず移動になった。それがガ島であった。それ以上のことは聞かされていなかった。

3、玉砕の地イル川

十二月十六日、私は、妻と散骨用に粉砕し、小分けにした遺骨とサッポロビールと軍服姿二郎の写真を持って、三泊五日でパプア・ニューギニアのポートモレスビー経由、ガ島のホニアラへ向かった。ガイドに二日間で主な戦地をめぐるツアーを依頼していた。ホニアラは「ソロモン諸島」の首都。空港は元のヘンダーソン飛行場で二郎が奪回のための戦闘に参加した飛行場である。十七日、日本軍が設営し、米軍に奪われた空港である現ホニアラ国際空港に降

り立った。私は、二郎と酒を飲んだ時に、いつも話をしていた飛行場奪回作戦の時の話を思い出した。現地は、雨期で気温は三十度を超えていた。

空港には、ガイドのフランシスが迎えに来てくれていた。フランシスは、カトリック教徒で日本にも留学に来たことがある四十五歳の恰幅のいい男であった。片言の日本語と英語でホテルへの道すがら、早速説明を始めてくれた。

午後にホテルに着き、治安も安全だというので、私たちは近所を散歩し、その後、ホテルのプールサイドでソロモンビールを飲みながら、日本から持参した二郎が生前読んでいたガ島の戦闘について書かれた書籍を読んだ。

そこには、付箋や、線も引かれていた。プール越しにサボ島が見えた。二郎から聞かされていた地名だし、今読んでいる書籍の地図にも本文にも書かれている島が眼前に広がっている。私はその状況が何か不思議に思えた。

翌日朝九時、フランシスがホテルに迎えに

きた。私は二郎が一木支隊の通信兵で、今回のツアーの目的は散骨、二郎から聞いたことのある地名、カトリック教会に通っていた時期があること伝えると、フランシスはコースを再検討した。

悪路のジャングルの中を通り、最初に案内してくれたのが、一木支隊が壊滅した地で通称(※米側呼称)アリゲータークリーク(イル川河口)だった。

中央の砂州付近で一千人近い日本兵が銃弾に倒れた。親父の話の中に何度も出る地だ。四駆車を降り、海岸線をフランシスの説明を聞きながら、河口まで歩いた。その説明は私が親父から聞いていた話と同じだった。歩きながら、私は中学生の時の一度だけした二郎とのやりとりを思い出した。

「親父は、戦争で人を殺したことがあるのか?」

「いいか、ジャングル中に二十mくらいの幅の川があって、こっち側が日本軍、向こう側が米軍。向こうから鉄砲玉がビュンビュン飛んできて、前・横・後ろの戦友が銃弾に倒れていく。弾丸が飛んでくるジャングルに向かって、こっちも応戦する。そうしないと敵兵が川を渡ってきて自分が死ぬんだ。だから、俺も撃ったよ。当たったかどうかは、分からない。戦争っていうのはそういうもんなんだ」

その時の二郎の表情に、私は愚かな質問をしてしまったと思い、二度とこんな質問をするまいと決めた。

七十年の時を経て、今その現場に、遺骨と軍服を来た二郎の写真とサッポロビールと線香を持って立っている。

私は大きな流木に近づき、二郎の写真を立て掛け、一木支隊の戦友に向けて、地元のサッポロビールと二郎を知る友人が是非と渡してくれた線香に火を付け、散骨した。

「一木支隊の皆様、釣部人裕、只今、父釣部二郎を連れて参りました」

そう心の中でつぶやき、手を合わせた。

七十年前と何も変わらず、静かに風が吹き、川は流れ、波は寄せて返る。

私の瞳から涙がこぼれ落ちた。しかし、そこでふと思った。

「なんで、俺は涙が出ているんだ？　親父は生きて返ってきた。だから、俺が生まれたんだ。悲しくなんてないはずなのに…」

フランシスと妻は、ただ私を見守ってくれていた。どれくらいの時が流れたのだろうか……実際には数十秒なのかもしれないが、私には長く感じた。

「ここには、祖国に帰れなかった千人近くの英霊が眠っている。どんな思いで死んでいったのだろうか。生き残った親父はどんな思いで生きていたのだろうか」

一九四二年八月一八日、ガ島上陸の命令が下され、親父たち一木支隊第一梯団九一六名はタイボ岬に上陸成功し、八月二〇日から二一日に、イル川渡河攻撃を敢行した。ジャングル中に二〇メートルくらいの幅の川で、手前側が日本軍、向こう側が米軍。向こう側から鉄砲玉がビュンビュン飛んできて、前・横・後の戦友が銃弾に倒れていく。弾丸が飛んでくるジャングルに向かって応戦する。戦死七七七名、戦傷約三〇名。一木清直支隊長は拳銃で自決。軍旗は連隊旗手・伊藤致計少尉が奉焼した後、伊藤少尉は手榴弾で自決し、ほぼ全滅した。

通信兵であった二郎は後方で戦況を本部に報告する役割だったため生き残った。周りは見るも無残な、死体の山だ。

残存兵は、上陸地点に戻り、次に来る部隊に合流するように命令が下されたため、食糧もなく、やせ衰えながらも木の枝を杖に、上陸地点に戻った。

未だに、傍のジャングルの中では、三〇センチも土を掘れば、遺骨が出てくる。その後、近くにある一木支隊奮戦之地の碑と鎮魂碑にも訪れ、同様に散骨し、手を合わせた。そして、テテレビーチから最初の日本の陸軍部隊一木支隊が上陸したタイボ岬を望んだ。

アウステン山平和慰霊公苑、激しい戦いの後、米軍に奪取されたギフ高地「岡部隊奮戦の地」（歩兵第一二四連隊）の慰霊碑に行った。ギフ高地は、この部落のリーダーのウィリーが案内してくれた。すべて二郎から聞いたことがある地名だ。

昔、日本兵は空き腹をかかえて、ジャングルを歩いた。あげくのはて、そこで疲れ果てて倒れた。土に化した。この地でも、多くの日本兵が命を失い、今も多くの遺骨が眠っている。二郎もここに来たはずだ。ここでも同様に散骨し、手を合わせた。とにかく、雨期で湿度は高く、暑い。汗で服はベタベタになる。さらに蚊もよってくる。二人は初日にフランシスから、長袖に長ズボンで来るように言われていた。蚊に刺されるとマラリアになる可能性があるというのだ。私は、二郎がガ島でマラリアにかかり、死にそうになったと聞いていたので、その言葉の重みを感じていた。

ギフ高地は、ガ島の全体が見渡せる地だ。フランシスとウィリーが詳しく説明してくれる。そして、遠くの岬を指し、あそこが最後の撤退したエスペランス岬だと言った。敵兵に見つからないように、そこに辿り着くには、いくつもの山を越え、川を渡る。当時のこの時期は、撤退のはじまった頃である。この湿度と暑さ、銃や無線機を背負い、食糧が支給されない中、「ここを親父は歩いてあそこまでたどり着いたのか。自分なら絶対に行きつかない」と思った。二郎は戦争の話をする時に涙することはなかった。**二郎から聞いていた「死の行軍」で、多くの兵隊が餓死した**。しかし、一度だけ私は淡々と涙をこぼし、しかも、その涙を振るうことのなく話す二郎を見たことがあった。それは親友の自決の時の話だ。

一緒に祖国の地を踏もうと励まし合っていたが、彼がどんどん弱っていき、体力はなくなり、歩くことも容易ではなく、立っているのがやっと。「置いて行ってくれ、もうだめだ」と言う。置いて行けば、明日には米兵が来て、撃ち殺される。運よく、敵兵が来なくても、衰弱体であるから、間もなく死ぬ。怒鳴ってもダメだ。怒鳴れば自分自身その分、体力を消耗する。殴ってでも、二郎が肩を貸して歩かせた。食事といえ

ば、ヤシの実か木の皮など。川の水も飲めない。誘惑に負けて川の水を飲んだ者は、下痢で体力を消耗し、死んでいった。泉や雨水で渇きを凌いだ。ガ島では、歩けなくなると置いていかれるか、自決する。なぜなら、自分のせいで戦友の体力が奪われ、二人とも死んでしまうからだ。しかし、親友を置いていくことは、親友の死を意味する。さすがにそれはできない。皆、体力の限界を超えているのに、一緒に帰ろうと励まし、肩を貸す。

だが、ある朝、目を覚ますと隣に寝ているはずの親友の姿がない。もしやと思った瞬間、パーンとピストルの音がした。音の方に行くと、親友が自決していた。まだ温もり残る上半身を抱き上げ、名前を叫ぶも声も出ず、「俺を生き残させるため…」と泣き崩れたという。埋めてやることもできず、また歩き出したという。

私は、エスペランス岬までのジャングルを見ながら、「ここのどこかに親父の親友の骨がまだ眠っている。いや親友だけではない。多くの兵士が一人静かに眠っている」と思い、手を合わせた。その地が今は私の眼前にあるのだ。二郎の親友の名前も覚えていない自分を悔いた。この話を、私は三人に伝えた。私の目にも涙がこぼれていたが、二郎と同じように涙を振るうことはできなかった。

しばらくして、ウィリーが口を開いた。

「未だにジャングル中には多くの遺骨が眠っています。お父さんの親友は、今日、あなたがお父さんを連れてきたことを喜んでいると思いますよ」

私は、小さく頷くことしかできなかった。ウィリーとフランシスは、骨や遺品を見つけるとビニール袋に入れて保管し、遺骨収集団が来たときに手渡している。ガ島の戦死者およそ二万一千名のうち一万五千名が飢餓と病で命を落としたとされている。

次の日は、日本軍最終撤退地、エスペランス岬に行った。フランシスと妻と三人で海岸線を歩いた。そこに辿り着くには、いくつもの山を越え、川を渡る。二郎は通信兵であったため、エスペランス岬近くの丘の上に拠点を置

き、そこから全島に無線で連絡して、撤退の日時と時間を連絡したそうだ。撤退は夜に行われる。上空には、グラマン戦闘機が飛び、見つかれば機銃掃射で命はない。だから、夜になると、日本兵がどこからともなく現れ、舟艇で沖まで行き、迎えに来た駆逐艦に乗って帰国したと話す。二郎の話と全く同じだ。

フランシスは、**「この地にお父さんは来ている。ここからボートで出た。しばらく日本は向こうの方向。しばらく海岸にいよう」**と言い、屋台に行って、バナナの皮をお皿にしたランチを持って来てくれた。

チキンは七五〇円、ソーセージは二五〇円、タピオカいも、ライスは無料だった。

三人、海を眺めながら、食事をとった。静かな海だった。

4、教会と丘

食後、フランシスがどうしても一カ所連れて行きたいところがあるという。そして、一㎞くらい戻ったところにある海岸沿いの地元のカトリック教会を案内した。そこには、学校とクリニックがあり、ちょうどクリスマス休暇で休みだった。

フランシスは、私たちを緑色の一棟の建物に連れて行った。建物の後ろには、小高い丘が二つそびえたっていた。彼は、説明を始めた。

この教会で仏教徒であった二郎を含む多くの日本兵が助けられた。撤退の時、ここは通過点になる。夜になると日本兵がどこからともなく出てきたが、殆どの兵士は食べていないので、歩くのがやっとであった。この教会は食事を提供した。元気な者はエスペランス岬に向かい、衰弱している者は、建物の中で、休んで元気になった順に岬に向かう。無念にも息を引き取った者はシスターたちが丁重に葬ってくれた。後ろの丘が日本軍の通信兵がいた場所で、そこから全島に無線で連絡して、撤退が成功した。あなたのお父さんは、あの丘にいたはずだし、ここで、ご飯を食べて帰国したと思う。

史実では、一九四三年二月一日、第一次撤退成功、二月四日、第二次撤退も成功した。第一七軍司令部も撤退し、二郎たち、一木支隊残存将兵も撤退支援のためガ島に送り込まれた矢野集成大隊（長：矢野桂二少佐）などとともに島に残り、敵を拒止した。二月七日、第三次撤退にも成功。松田大佐以下、一木支隊残存将兵も撤退できた。一木支隊のガダルカナル島上陸人員は二一〇八名、島からの撤収人員は二六四名であった。

父は、甲板で戦友とともに南十字星を見ながら、敵機に発見されないことだけを祈ったと話していた。とにかく南十字星がきれいだった、これで帰れる、と。

そんなことを思っていると、一匹の黒い犬が遊んでくれとばかりに私の元でじゃれてくる。その犬は、首の下としっぽの先が一部白い。私が子どもの頃、家で飼っていた「クロ」という犬とそっくりだった。二郎と一緒にクロの犬小屋を作ったことを思い出した。

建物と丘を見ながら、「親父はここに居たのか？　そんな話聞いたことがない」と私は思った。そう言えば、なぜ、自分が幼児洗礼を受けているのかも含めて、なぜ二郎が帰国後カトリックの洗礼を受けたのかを興味もなかったので聞いたことがなかった。

私は建物の内部と、裏の丘、エスペランス岬を見つめ直し、「ここに間違いなく親父はいた」と感じた。二郎は、間違いなく、ここに来て、食事をもらい、エスペランス岬まで歩いた。

ここで、多くの日本兵が助けられた。敵国の宗教であろうと、現地のカトリックのシスターたちは、日本兵にとっては命の恩人だ。シスターがマリア様に見えたことであろう。米軍は間もなく来ることはわかっていたはずだ。なのに、**なぜ、日本兵の命を救ってくれたのか、知りたかったのであろう。**だから父はプロテスタントではなく、カトリックの教会に通ったのだろう。帰国後、多くの日本兵の命を救ってくれたことに感謝し、恩返しをしたかったのではないだろうか？　それで、洗礼を受けたのではないだろうか？　だから、熱心に教会行くこともなく、いい距離にいた。だから、私に教会に行くように言うこともなかったのだろう。確かに、どんな宗教でも、結局は人間次第なのだ。釣部家は、仏壇とマリア様が並んでいる面白い家であったが、イエスでなくマリアである理由もわかった気がした。

この話にフランシスは、笑顔で黙って頷いた。

私は何か、親父のことが少し分かった気がした。

お正月に、マリア様にもお雑煮やお神酒を上げることを不思議に思って、その理由を父に訊いたことがあった。**父は「神様はケンカしないから、いいんだ」と答えた。そう父が答えた意味がわかった気がした。**

父に同居をしようと言ったときも、「共倒れする、子どもの迷惑にはなりたくない」と言って、断り続けた理由も…。肝臓がん末期と分かって退院した後、自ら食事を絶ち、点滴を断って衰弱死を選択したことも…。

思い返せば、最期の夜は、ガ島の夜と同じように、雷が鳴り大雨であった。未明には上がり、息を引きとった午前五時五〇分直後、カーテンの隙間から太陽の光が二郎に射した。戦友が迎えに来ていたのだろう。

父は、戦争のこと以外は、多くを語ることはなかった。しかし、私が結婚する時に伝えてくれた話は強烈に覚えている。

「いいか、お前のお母さんが死んだ時点で、お前は独りだからな。子どもはお前のものじゃないぞ。母親のものだ。要は、奥さんのものだ。戦争に行ってわかったんだ」

それと同居をはじめて間もなくして、こうも言った。

「いいか、きな臭い時代になった。もはや戦後ではなく、戦前かもしれない。戦争になったら、釣部家末代の恥と言われてもいいから、家族を連れて、海外にでも山奥にでも逃げろ。絶対に戦争の加担をするようなことはするな！」

その時は大袈裟だなと思っていた。でも今なら、その言葉の深さが分かる。

「俺が死んだら、遺骨をお婆ちゃんのお墓と戦友の眠るガ島に散骨してほしい」という遺言の意味も少し分かった気がした。親父は、母と戦友の元に行きたかったのだ。そして私には、「俺のことを知りたかったら、ガダルカナル島に散骨に行けばすべてわかるぞ」と言っていたのだ。

父は常々「戦争の原因は、宗教や民族じゃない、差別だ。神様はケンカしないけど、人間は差別して戦争する。愚かな生き物だ」と言っていた。父は、次世代にそれを伝えたかったのだろう。だから、「（現地を見ればわかる）散骨して欲しい」と言ったのだと。

二〇日の朝、部屋で出発準備をしていると、ベランダに一羽の鳥がやってきた。ベランダに出ても逃げない。お別れに来てくれたのか？
二郎が言っていた。
「日本の軍隊の本土にいる上層部は、アメリカ軍の総反攻が始まるのはまだまだ先で、一年も先のことだとタカをくくっていた。だから無理もないが、敵が苦しまぎれにちょっとやって来たぐらいに考えていたのである。第一、ガ島で、飛行場をつくろうとしていたことなど、東京の上層部は誰ひとり知らなかった。いや、ガ島の名前さえ知らなかった。だから、ガ島にアメリカの海兵隊が上陸して来たという第一報が入ったとき、上層部がしたことは、地図の上で孤島を探し出すことであった。

そんなわけだから、ガ島の飛行場設営隊が海兵隊にやられて全滅したあと、あわてて上層部がガ島に送って同じく全滅させられたのは、わずか千五百名の小さな我々の部隊だった。それから次々に送る部隊、送る部隊、すべて敗れた。一気に何万も送れば勝っていたかもしれない。制空権も完全にアメリカ軍。ちょっとでも炊事のケムリを立てると、ものすごい爆撃がジャングルに加えられたんだ。ガ島に来る船はたいてい沈められて、速力の速い駆逐艦や隠密行動が取れる潜水艦だけが補給のたよりだった。悲惨なことに、ジャングルのなかでは、飢えがひろがり、マラリアにやられ、みんなが次々に餓死した。ようやくその頃になって、ガ島のいくさは天下分け目の戦いだと気が付いたって、もう遅かったんだ」

帰りの飛行機で、よく二郎が**「ガ島で死んだ兵士は、米軍に殺されたんじゃない。大本営に殺されたんだ。国家にとって、俺たちは虫けらなんだ」**「俺の生還は奇跡なんだ」と言っていた意味を改めてかみしめていた。

私は親父と初めてつながった気がした。

「まるで、ＴＶ番組のファミリーヒストリーを自分でやったみたいね。私の父はなぜ、何も話さなかったのでしょうね。それが知りたくなった」

と妻は感慨深気に言った。

一方、残念に思った事実もある。慰霊碑は民間の土地にあるが、維持管理をしてくれている方が、それなりの入場料を取っていて、それが商売になっている現実である。**時間が経つと戦地も観光地になっている。**それが人間のやることだ。

二一日、成田空港は気温九度。体が縮む寒さで、ガ島とは真逆の冬だった。何千人もの無念の死を遂げた戦友の思いが詰まっているであろうアリゲータークリークの海岸にあるサンゴ石とともに帰国した。

二人は家に着くと、アリゲータークリークの海岸で拾ってきたサンゴの死骸の石を仏壇に置き、笑顔で笑う二郎の遺影に無事の帰国の報告をし、三泊五日の慰霊・散骨の旅は終わった。

妻は手を合わせながら言った。

「あなた、お父さんの思いを後世に残す義務があるんじゃないの。そのことをあなたに知らせたくて、散骨してほしいと言ったんじゃないの。そんな気がする。本にして残さないと…」

人間だれしも、母と父がいる。どんな形であれ、命は繋がれているのだ。二郎の生還なくして、今の自分の命は存在しない。

日本兵の白骨がいまだにジャングルのなかには散らばっている。白骨のなかには食われた人の骨も入っているのかも知れないが…。その人を責めることは私にはできない。

二郎は、「食べるものの無いジャングルの中で、命を散らしたのは、若い男性でした。戦争のために狩り出されたのでした。死んだものは語ることはできません。生きた我々が語らなければ…。戦争は、残酷、悲惨だ。再び戦争の起きない時代にするために、お前が少しでも貢献してくれたら、嬉しいよ」と言っていた。

二郎から受け継いだ思いを次世代に繋ごうと思った。

帰国して、二年の月日が流れた。私は思う。この島、昔はただのジャングルであったであろう。むろん、ホテルなんかがあったわけはない。今は、ホテルもあれば、政府の役所も議事堂も博物館も教会も最新建築ではないが、しゃれたものが建っている。

どうして本来はジャングルであったところに、しゃれた近代建築の建物が出現したかというと、戦争があったからである。日・米豪両軍の死闘のせいである。

頼まれもしないのに、日本軍がやって来て、頼まれもしないのに飛行場をつくった

からである。それを奪い取るために、またもや、頼まれもしないのにアメリカ軍がやって来たからである。アメリカ軍と一緒にオーストラリア軍までがやって来たからである。

そのせいで、この島のジャングルが砲撃や空襲でまるはだかになった。そして、港ができ、家ができ、役所ができ、教会ができ、店屋ができ、ホテルができ、そのうち、戦争は終わって、各国の兵隊は去っていった。

この島の未来に対して、日本は責任はないのだろうか？

私たちは、日本人として、この島に無関心でいいのだろうか？

第２章　戦没者遺骨収集の旅

私は、二〇一八年九月、ビスマーク・ソロモン諸島戦没者遺骨収集第一次派遣団に全国ソロモン会の団員として参加させて頂いた。

1、洗骨

「(大きいな、この大腿骨!)」

「(何歳くらいの方なんだろう?)」

「(お一人で亡くなったのかな?)」

「(撤退作戦の前かな? それとも、撤退中に力尽きたのかな?)」

「(どんな思いで亡くなったのだろうか?)」

「(彼の最期の叫び、いや、つぶやきは、何だったのだろうか?)」

「(この方が生きて帰っていれば、どんな人生を送ったのかな?)」

「(親父の戦友かもしれないな?!)」

「(広い意味では、皆戦友だよな!)」

「(これで、祖国に帰れるんだ!)」


こんなことを心の中で思いながら、刷毛で骨に付いた土を払い、細い竹串で骨の中に詰まっている土を出す。

乾いた骨、濡れている骨、蟻の巣が入っている骨、白っぽい骨、黒っぽい骨、大きい骨、小さい骨、もろい骨。土のついた調査隊が昨日見つけて来たばかりの骨。

力を入れないと土が落ちない。力を入れ過ぎると、骨が壊れる。歯のついた顎の骨は、歯を外さないように気をつけながら、骨と歯の間の土を取っていく。一つ一つ、丁寧に洗骨する。

冷房のついているカーテンの閉められた薄暗いホテルの一室。頭にヘッドライトを着け、きれいな軍手を付け、胡坐をかき、ただただただ洗骨する。午前中三〜四時間、午後からも三〜四時間。大きな青いビニールシートの上に敷かれた白いシート前で、ただただ、ご遺骨に向き合う。一袋終われば、番号を確認し、次の袋へ。骨が他の袋と混ざることは許されない。

何時間と経とうが、ご遺骨は私の質問に何も答えてはくれない。

自問自答を繰り返す。答えが出てくるはずもない。まるで、答えのない問題に答えを見つけ出そうとしているようだった。しまいには、自問自答することさえなくなった。

ただただ、目の前にあるご遺骨に集中する。

暫くすると、一木支隊第一梯団の通信兵で、ガダルカナル島から帰還した父の言葉が脳裏によぎってくる。そして、消えていく。

「爆弾攻撃のあとは、機銃掃射。そして、機銃掃射のそのまたあとは爆弾。爆風で、俺の鼓膜は破れたんだ」

「死の行軍だったんだ！」

「俺の帰国は、奇跡だったんだ」

「日本兵は、米兵に殺されたんじゃない。我々は大本営に見捨てられたんだ。みんな病死か、餓死だ！」

「地図もなく、どっちをむいて歩いているのか、よく判らなくなった。踏み跡がなければ、ジャングルのなかでだろう、一日二百メートルも進めなかったこともあった」

「いたずらに日数はかかり、補給はつづかず、あげくのはて、攻撃は失敗。退却だ」

「米もなければ、弾薬もなかった。海岸線まで戻れる力のある者は戻って、そこで、またもや、激しい空襲。そのうち、敵がそこにも逆上陸して来て、またもや、ジャングルのなかへ退却だ」

「ハンゴウをたく火のケムリが命とりになるんだ。ちょっとでもケムリが上がれば、爆弾と機銃掃射の嵐になるんだ」

「そのうち、米はまるっきりなくなってハンゴウの炊事どころではなくなったが、谷川に水をくみに行くだけでも、命がけの作業なんだ」

「ジャングルのなかをぐるぐるまわったこともあった。そんな行軍に終りがあるはずがない。でも、歩くよりしようがない」

「マラリアはきつかった。マラリアで何人も死んだんだ！」

「汗がむやみやたらと流れていたが、もうふく気はしない。第一、ふいたところでしようがない。ジャングルのなか、霧雨のように雨気がたちこめている」

「スコールで軍服が濡れ、雨は汗と入りまじってじとじとと冷たい。そのまま歩くから体力を消耗するんだ！」

「道を外れると、両側は身の丈より高いミドリの壁だ。ナタで切る体力も残ってないんだ」

「歩けなくなったら、自決するか、自らジャングルの中に消えていくんだ！」

「親友が自決した時は…（涙）！」

「ジャングルの中には、死臭がある所があるんだ。その横を通り過ぎることも何度もあったんだ！」

「葬ってやる体力もないんだ」

「みんな、母親や家族のことを思って、死んでいったんだ」

「撤退日の撤退時間までに、エスペランス岬に着かないと祖国に帰れない」

「でも早くなんか歩けないんだ」

「人間が生きて行くための食糧すらない、まるでないないづくしの戦いだ。食糧がないんだ。食べられるモノは何でも食べたんだ。ヤシの実はうまかった」

「食べ物もなく。睡眠もろくに取れず、それでも行軍がある。みんな骨と皮だけのガリガリだ」

「だから、ガ島と略すけど、字は飢餓の餓の字を当てて餓島というんだ」

「撤退作戦は、成功したんだ！」

「甲板まで上がれないんだ。体力がないんだ」

「甲板で上って観た、南十字星は本当にきれいだった」

「甲板で直ぐに食事はくれないんだ、そうなんだ、何日も食べてないから、腸の働きがないから、直ぐに固形物を食べると死ぬんだ」

「腹が減ったと、どんどん食べた奴や盗み食いした奴で死んだ奴もいたんだ」

「せっかく、甲板まで着いたのに、死んだ奴もいたんだ」

「まだ、ガ島には戦友の骨が眠っているんだ」

「俺は、ズルいから、生き残ったんだ」

「お母さんの顔が浮かんで、一人にはできないって思ったんだ。何としても生きて帰らないとって思ったんだ」

「最後の叫び、いや、つぶやきは、「天皇陛下、万歳！」ではないんだ。お母さんとか、奥さんとか、子どもの名前なんだ」

「人間は愚かな生き物だ。戦争をやって、何一つもいいことはない」

「いいか、釣部家末代の恥と云われてもいいから、絶対に戦争には加担するなよ。家族を守るんだ」


親父の遺言は、「俺の骨の一部を戦友の眠るガ島に散骨してほしい」であった。洗骨しながら思う。

「なぜ、親父は戦友の遺骨収集をしてほしいではなく、自分の骨を散骨して欲しいだったんだ？」

「なぜ、親父は、戦友会を途中で脱会したんだろう？」

「なぜ、親父は、ガ島には行きたいとは言わなかったのだろうか？」

もちろん、答えは返って来ない。


別室では、日米の双方の法医学者と現地の国立博物館員とで、日本兵の骨か、米兵の骨か、それとも、現地の人の骨か、鑑定が行われていた。結局、今回は、米兵の骨はなく、現地人の骨が一体か二体あり、あとは全て日本兵であった。

米国側の鑑定の仕方を見て、これは戦争に負けると感じた。彼らは、どこで骨が発見されたのかを最初に質問する。そして地名を告げ、場所が特定されると、彼らの資料と突き合わせる。そして、例えば「〇〇地区なら、二名が偵察に行って戻って来ていないで行方不明になっているが、△△地区なら、行方不明に米兵はいない」となって、それ以上、その骨を見ることもしない。すべてが地図とセットで記録されているのだ。日本には、そういう記録は残っていない。正確な地図もない中、総攻撃をしようとしたのだから、戦いに勝つはずがないと思った。

兵隊には罪はない。父が言っていた、「日本兵は、米兵に殺されたんじゃない。我々は大本営に見捨てられたんだ」という言葉の意味が理解できる。

2、焼骨と追悼式

九月二四日、仮安置所に安置されている八八柱、すべての骨の洗骨を終え、焼骨、追悼式に臨んだ。

オレンジ色の炎を見ながら、思った。

「人は皆、死んだら骨になり、灰になるんだよなぁ。俺だって同じだ！」

「でも、灰になっていない方が、南方には、何十万人も

残っているんだよな！」

「今回、八八柱の方を、祖国にお迎えできるんだ。その手伝いが出来たんだ！」

「八八柱が多いとか少ないとかの数の話じゃないんだよなー。魂の話なんだよ！」

炎天下、気温も高いし、炎でさらに熱い、水分補給を怠ると大変なことになる。

追悼式では、全国ソロモン会代表として「追悼文」も読ませて頂いた。なぜ私がここに参加したのかについて、私の思いを込めた。

祭　文

本日此処、ガダルカナル島コカンボナ村に於いて、ご来賓、派遣団員各位参列のもと、全国ソロモン会派遣団員を代表し、謹んで本島に於いて、散華した英霊に申し上げます。

思えば皆様は過ぐる七十有余年前、雄々しくも　万里の波濤を乗り越え、南十字星の輝く南冥の、此処ソロモン群島に上陸されました。時に支那事変を発端とし、大東亜戦争開戦に伴い、万邦共栄の楽しみを共にすべく祖国日本の為、東亜の盟邦の為に尽くされました。

今日、私がここに居ますのは、亡き父・釣部二郎のお蔭であります。父は、第七師団歩兵第二十八聯隊を基幹に編成された一木清直大佐を支隊長とする部隊の通信兵でした。第一梯団としてタイボ岬に上陸し、イル川の戦い、その後、都合四回に亘る総攻撃に参戦し、昭和十七年二月七日、第三次(撤退作戦)の「ケ」號作戦により、ブーゲンビル島に向かい、その後、祖国へ帰還しました。

生前、父は事あるごとに戦争の話をしましたが、イル川の戦い、聯隊旗の奉焼、第一次から第四次までの総攻撃、アウステン山の戦い、エスペランス岬への死の行軍、撤退作戦、「甲板で戦友とともに南十字星がきれいだった」など、「今日●月●日は、△△に居て、◇◇をしていた」と、父の回想は何十年経ってもガダルカナル島の戦いから更新されることはありませんでした。

父が語った話の中で私には忘れられない話があります。

撤退が決定され、エスペランス岬を目指すも、高い湿度と暑さ、銃や無線機を背負い、糧秣もない。さらに、撤退に当たって将校には「歩行不能者は自らで身を処置するように説得せよ」と心得が渡されていた。撤退日までに撤退地点に到達しなければならない。しかし、衰弱のひどい兵の歩みは遅い。自分の限界を知った者たちは、もはやこれまでと自ら森の中に消えていった。連れ戻す体力も残っていない。父は親友と「一緒に祖国の地を踏もう」と励まし合いながら、移動していた。しかし、彼はどんどん弱っていく。「置いて行くことはできない」と父が肩を貸して歩いた。ある朝、目を覚ますと隣に寝ているはずの親友の姿がない。もしやと思った瞬間、パーンとピストルの音がした。音の元に向かい、まだ温もり残る上半身を抱き上げ、名前を叫ぶも声も出ず、「俺を生き残させるため…。一緒に帰ると約束したじゃないか」と泣き崩れた。埋めてやることもできず、また歩き出した。ジャングルの中は、死臭がし、時に蛆に喰われた死体に遭遇する。埋葬もされない。今も、彼は眠ったままである。

以上、父は、あふれる涙を拭くこともなく語りました。

父は十一年前、平成十九年十一月に最期、「戦友の眠るガダルカナル島に散骨してほしい」と私に告げ、戦友の英霊の元へ向かいました。父・二郎の最期の夜は、ガダルカナル島の夜と同じように、雷が鳴り響く大雨でしたが未明には上がり、息を引きとった午前五時五〇分、その直後カーテンの隙間から太陽の光が真っ直ぐに父にそそがれました。私は、父の戦友の英霊が迎えに来て下さったと思いました。

それから十年の歳月が過ぎ、昨年平成二十九年十二月、私は初めてガダルカナル島を訪れ、皆様の近くに父を連れて参ることが出来ました。

私は、イル川河口に行き、軍服を来た父の写真を立て掛け、日本から持ってきたサッポロビールを置き、線香をあげ、散骨し、「一木支隊の皆様、釣部人裕、只今、父釣部二郎を連れて参りました」と手を合わせました。私は、父がいつも話していた場所に立っていると思うと、涙が込み上げてき、同時に「父は生きて返ってきた。だから、自分が生まれた。この島には、祖国に帰れなかった数万人を超える英霊が眠っている。どんな思いで眠っているのだろうか」と皆様の無念さに思いを馳せました。

そう思うと、居ても立ってもいられず、帰国後、直ぐに全国ソロモン会に入会し、父の思いを引き継ぐべく、遺骨収集派遣団員に熱望志願いたしました。

当会は、御霊の慰霊行事を執行しつつ、遺骨帰還事業に協力しております。(畏れ多くも)来年度は、天皇陛下が譲位され、皇太子徳仁親王が即位され、新たな時代を迎えます。

時代は世代交代が進み、英霊が生を共にした方々は、その数を減らしつつありますが、後に続く世代の私どもは、英霊が辿られた厳しい現実を忘れることなく、己の生き方を自励・振作する起点としなければならないことを、そして、社稷・国の現実が、果たして英霊にご満足いただけるものなのかという判断基準を大切にすることの二点を中核に、これからも、国民的な事業として、慰霊巡拝団を編成、ご遺族・有志が相集い、激戦・瘴癘の地に於いて、日本・ソロモン諸島・米国 各政府等と友好親善の想いをひとつにして、爾後も、慰霊と遺骨収容活動を双璧として、未だ帰還を待つご遺族の為、より永きに亘る活動が実施出来るよう、

12 NEWS

Japanese soldiers' remains recovered

NEWS 13

努力邁進致す所存であります。何卒、御安心頂き、この上なき、安らかなる御霊となられますことを祈念申し上げます。

結びに、我ら全国ソロモン会並びに派遣団員一同、引き続き平和国家の建設と、当会の発展をお誓い申し上げ、此処に謹んで追悼、慰霊の言葉と致します。

平成三十年九月二十四日

奉読

ビスマーク・ソロモン諸島戦没者遺骨収集第一次派遣団団員

全国ソロモン会代表　釣部　人裕

ただ読むだけなのだが、声が詰まり、涙が何度か出てきて、深呼吸をしないと次を読めなかった。確かに、この紙を持っているのも私だし、文章を読んでいるのも私だし、声も私だ。でも、誰が読んでいるのか、分からなくなった。途中何度も呼吸を整え、とにかく最後まで読み切ろうと必死だった。

帰国して今振り返ると、亡き父の代理として、戦友に対し、追悼をできたのかもしれないと思う。

私たちの焼骨式の様子は、翌日の現地の新聞に取り上げられていた。戦没者遺骨収集は現地の方の協力なしには、できない事業である。（どうでもいいことだが、右側上の写真でオレンジ色のタオルを首にかけているのが筆者である）

3、海上自衛隊へのご遺骨の引渡式

九月二五日は、ご遺骨の海上自衛隊への引渡しが行なわれた。引渡式では、「海ゆかば」の音楽が流れる中、私たちは、白布に覆われた約三〇センチ四方のご遺骨の箱を胸に抱いて、海上自衛隊の捧持隊員にご遺骨を引き渡した。中には涙を流しながら、捧持し、自衛隊員に渡す人もいた。

愛国心と崇高な高い志を持っているであろう海上自衛官に、ご遺骨を手渡すとき、思わず、「よろしくお願いします！」と目で言ってしまった。自衛官は、「はい」と目で答えてくれたような気がした。そこの言葉はなかった。

先の大戦で、政府の命を受けて、外地で亡くなった方のご遺骨は、このようにして祖国に帰るのが当然であり、このことに正面から向き合わない限り、我が国

は戦後の後始末に向き合えていないのだ、と思った。

夕方からは、護衛艦「さざなみ」で、現地調査派遣団、遺骨収集派遣団、在ソロモン日本国大使、在留邦人、地元協力者などが招待され、夕食会が開催された。初めて自衛艦の中に入ったが、食堂の上の電気に手術用のライトが装着されていることを、有事の際にには、ここも手術室になるのか？と思いながら、複雑な思いになった。

二六日は、二四日、二五日、二六日の午前に現地調査派遣団が収容したご遺骨の洗骨を行なった。

翌二七日は、ガダルカナル島内の慰霊巡拝に行き、夜は、今回の派遣の報告会が現地調査派遣団、遺骨収集派遣団、在ソロモン日本国大使、在留邦人、地元協力者などが招待され、ホテルのレストランで行なわれた。

そして、翌日、私たちは帰国の途に就いた。

4、横須賀で行われた厚生労働省への引渡式

一〇月一〇日、戦没者遺骨を乗せて護衛艦「さざなみ」がガダルカナル島より

横須賀基地に帰港した。同時に厚生労働省への引渡式が挙行され、私も参列した。
　今回で三度目となる自衛艦による本邦帰還。八八名（柱）の御遺骨は厚生労働省に安置され、千鳥ヶ淵戦没者墓苑に埋葬されるという。ご遺骨は、「さざなみ」艦内では倉庫ではなく、士官室に安置されていた。
　私は思った。
「彼らは、出征時には盛大に万歳で送り出されたはずである。そして、未だ帰ることができない方（ご遺骨）が一一二万人もいる。日本人の中で、そのことを知らない人もいる。発見された（した）ご遺骨に対して、盛大にとは言わないが、せめて感謝と追悼の気持ちを持って迎えられて当然であろう。それも日本軍の艦船で出港したのであるから、政府の船（現在、日本は軍隊は持たないのであるから、例えば、海上自衛隊の艦艇）で帰国して当然である」

私は、日本の戦争の後始末ができていないと思う。それは、原因、作戦の是非、事実関係の検証のことではない。それはそれで必要であるが、国民、メディア、政府のスタンスが戦没者遺骨収集に大きな興味を示していないからである。

すべての日本兵のご遺骨を本国に迎えることは不可能であることは知っている。しかし、できる限りのことはすべきである。国家は、もっと予算をつけて、志ある団体や個人を援助すべきである。中には、某国で偽の骨を掘り出して、遺骨収集を商売にした人もいたので、やり方に工夫はいるが…。

帰国して、それなりの時が立つが、正直、まだ言語で整理がつかない。あえて、疑問や要望や感想などのポイントを勝手に羅列してみる。

・国会議員は、北方でも南方でもいいが、戦没者遺骨収集に参加すべきである。参加できないのであれば、視察をすべきである。
・国家はさらに予算をつけるべきである。
・メディアは、年一回以上の報道や特集を組むべきである。
・（一社）日本戦没者遺骨収集推進協会は、広報部を充実させるべきである。
・遺骨収集における「遺族」「戦友」「有志」とは、そういう存在なのだろうか？
・未だに、被害者としている人と、それを超えて生きている人がいる。
・世代交代をもっと意識すべきである。
・戦後70年以上が過ぎ、世代交代が起きている。次世代は何を繋ぐ必要があるのか？

・変えてはいけないこと（もの）と変えてもいいこと（もの）、変えなくてはいけないこと（もの）がある。

・慰霊巡拝ツアー、遺骨収集派遣団（内容と名称がズレていると感じるが…）、遺骨調査派遣団、それぞれ思いは一緒だが、役割が違う。それゆえ、人選されるべき人材（体力、能力、知識、経験等）に当然、差があるべきであろう。さらには、世代交代も意識した人選にすべきであろう。

・全国ソロモン会の存在意義は大きい。

・許されるのであれば、今後も、遺骨収集や調査に参加する機会を頂きたい。

私は体力と気力が続く限り、これからも戦没者遺骨収集活動を続けるつもりだ。それが、父からもらった命の使い方の一つだから…。

最後に一つ、私は「ガ島コレクション」というのをはじめた。これは、父が持っていたガ島の戦い関する書籍数冊をスタートに、ガ島の戦いに関する本やＤＶＤを随時追加していっているのだ。これを次世代に繋ごうと思っているからだ。

第３章　釣部二郎、ガダルカナルを語る

二〇〇四年九月に二郎の孫たちの保育園で、孫たち園児や保育士、保護者に対して、『二郎さんのお話を聴く会』がひらかれ、ガダルカナル島について話をした。その時の記録を再編集したものである。

（注釈：史実とは異なる内容もありますが、語った内容を忠実に再現しました。また、年齢は満年齢と数え年齢が混在していると思われます）

1、二郎さん紹介

ガダルカナル島は、オーストラリアの北東に位置する、ソロモン諸島の中で一番大きな島です。太平洋戦争初期、日本、アメリカの双方が、最大の戦力を投じて戦った場所です。

一九四一（昭和一六）年一二月八日の真珠湾攻撃に勝利した日本は、その後も、グアム島、香港、フィリピン、ビルマなどを占領していきました。

ガダルカナル島は、アメリカとオーストラリアを結ぶ線上に位置する島です。この島を押さえれば、米豪分断できると、日本軍は考えました。そして、日本海軍が、ガダルカナル島に上陸し、ルンガ飛行場を作りました。

しかし、一九四二年（昭和一七）年八月、アメリカ軍の奇襲上陸作戦により、飛行場を奪われてしまいました。その後、日本軍は、飛行場を奪回するために、何度かガダルカナル島上陸作戦を展開しましたが、いずれも失敗してしまいました。

アメリカ軍は、日本軍から奪った飛行場によって、制空権を握り、海上もアメリカ軍が優勢であったために、島に上陸した日本軍は、夜間だけしか動くことができず、食料などの補給も充分にできず、飢えと病気（特にマラリア）で多くの兵隊が亡くなりました。

ガダルカナル島に上陸した、日本軍の総兵力は 約三万人です。そのうち、二万人以上が亡くなりましたが、実際の戦闘で亡くなったのは、五〇〇〇~六〇〇〇人で、ほとんどの兵士の死因は病気や餓死でした。ですから、ガダルカナル島は「ガ島」=「餓島」と呼ばれました。結局、一九四三(昭和一八)年二月、日本軍はガダルカナル島から撤退しました。日本軍にとって、太平洋戦争始まって以来の大敗でした。これ以降、日本軍は、次々と撤退を重ねることになるのです。

■釣部二郎

一九一八(大正七) 年五 月二〇 日生まれ 享年八九歳

札幌商業学校卒業後 郵便局貯金保険課に就職。三年後二一歳で入隊。ガダルカナル島で第一次総攻撃から第三次総攻撃までの六カ月間を戦う。一九四五年八月一五日、九州鹿児島で終戦を迎える。中央大学法科にて一年間学ぶ。その後、北海道札幌市にて 第一次建築業者として生活。

■太平洋戦争に関するおもなできごと

一九三一年 満州事変勃発(柳条湖事件)

一九三二年 日本が国際連盟を脱退

一九三七年 日中戦争勃発(盧溝橋事件)

一九三八年　国家総動員法を制定
一九四〇年　日独伊三国同盟を締結
一九四一年　日本がハワイ・真珠湾を攻撃・太平洋戦争開戦
一九四二年　本土が初めて空襲される。日本連合艦隊がミッドウエー海戦で大敗。
一九四三年　ガダルカナル島から日本軍が撤退。学徒出陣（大学生の出征）
一九四四年　大都市の国民学校で集団疎開を開始。サイパン島に米軍が上陸。飛行場が整備されＢ29による本格的な本土空襲を開始
一九四五年　東京大空襲をはじめ、全国主要都市が大規模な空襲を受ける。沖縄戦終結。広島・長崎に原爆投下。ポツダム宣言受諾。

2、「おばんです」から始まった「二郎語る」

――二郎さんにとって六五年も前の体験です。二郎さんは今日の語る目的を次のように話してくれました。

「地球は、この宇宙の中にある小さな星です。核兵器により破壊され、その中に、死体が積み上げられた。戦争は、残虐・悲惨だ。そのことを二度としないために、

今日は来ました」

――二郎さんは自分の生い立ちから話を始めました。

僕は、一九一八年五月二〇日、北海道の札幌駅の近くで生まれました。一八、一九歳の一番楽しい時に、盧溝橋事件＝シナ事変が始まり。これを機会に戦争が拡大していきました。

満州開拓団というのを知っていますか？　段々戦争にエスカレートしていったころ、僕の青春はありました。街角には「少年飛行兵募集」「満州花嫁募集」というポスターが貼ってありました。

昭和一四年（一九三九年）、現役兵として旭川歩兵連隊に入隊しました。兵隊は、満州で農家を荒らしました。兵隊が来るというのが解ると、親が娘さんを水がめなどに隠したのです。一番嫌だったのは、若い娘さんを探し出して銃剣を突きつけて強姦したというのが、兵隊の自慢話でした。戦争は、人を狂わせる。僕は、本当に戦争が嫌だ、と思いました。

僕は、幹部候補生として志願する機会がありましたが、先ほどのことがあったので、家庭を理由にして断りました。断った僕の顔を見て、上の人が嫌な苦笑い

をしましたのが、今になっても忘れられません。

僕は、通信学校に入学させられました。話は前後しますが、日露戦争で乃木軍が二〇三高地を攻撃したという有名な戦いをした部隊です。二八連隊です。連隊通信が初めて各連隊でできました。

昭和一六年一二月八日、非常に寒く、粉雪がちらつく朝でした。母親から、「大変なニュースが入っているから起きなさい」と言われて起き、ラジオをつけると、大きな音で、軍艦マーチが鳴って来ました。ラジオから大きな声で、「わが海軍は今朝未明、ハワイ真珠湾を攻撃しました。我が軍は、米英と戦闘態勢に入れり」

それを聞いて僕が思ったことは、

「必ず召集があるということ。そして、母との楽しい二人の生活がなくなる」ということを考えて、寒気がしました。

マレー半島各地を占領していく中で、昭和一七年になりました。四月の中旬、召集令状が僕のところに舞い込みました。それをみて、僕はかえって落ち着きました。そのころ僕は、恋仲の女性がいました。**「必ず生きて帰ってください。たとえ、かたわになってもいいから、必ず帰ってください」と言われ、後ろ髪を引かれる思いで、出発しました。**

支給される衣服は、夏物ばかりでした。行く先は秘密ですが、僕は通信班なので、他の人より早く解ります。ミッドウエーの攻略だということがわかりました。

旭川の駅の貨物列車で隠密で出発しました。そして、ちょうど五月の一五、一六日頃、広島県宇品港に到着しました。そして、ボストン丸と大福丸いう二隻の船に乗って出発しました。忘れもしない、僕の誕生日である五月二〇日、良く晴れた日でした。

山に太陽が沈みかけた頃、ぽつん、ぽつんと灯りが灯りました。その街の灯を見て、僕は、その日が誕生日であることを思い出しました。そして「あーどうどうの輸送船　ちぎれるほどに振った旗・・・」という軍歌が流れて来ました。その軍歌を聴いて、もう、日本も見納めかと思いました。

今の地図には載っていませんが、サイパン島のチャランカ町に半日滞在しました。砂糖工場で砂糖をたくさんもらい、船に帰りました。その頃、内地では砂糖などは手に入りませんでした。そして、一挙にミッドウエーに向かいました。

六月二日、南太平洋は静かでした。軍旗を啓上して、四日くらいから、直行でミッドウエーに向かっていきました。海軍は陸軍が上陸する前に、航空母艦から大空襲を行っていました。その頃はアメリカ軍に暗号が解読されていましたので、アメリカ軍は日本の航空母艦「赤城」「摩耶」「扶桑」の三隻を沈めました（注：歴史書では「赤城」「加賀」「蒼龍」「飛龍」を喪失したとある）。

ところが、少年航空隊は、意気揚揚と引き上げてきましたが、そんなこととは知らないものですから、着艦する母艦がなく、海に飛び込んで、海の藻屑となって消えてしまいました。それが、ミッドウエー海戦の始まりでした。

作戦は中止され、グアム島に渡りました。こんな時は、命拾いをしたと、やれやれと思いました。グアム島に一カ月間くらいいました。本土に帰還するということで、宇品に向かっていたところ、グアムで待機の命令が出ました。「これは、大事変か」と思いました。

一木支隊は、グアム島に上陸しないで、そのままガダルカナル島に向かいました。日本海軍が飛行場を作るのです。海軍設営隊は、まずつるはしだとか、スコップだとか、手押しローラーとかで作るのです。米軍は、日本軍の動きを暗号解読しており、日本軍の飛行場が完成する一日前に米軍二万人が到着し、飛行場もブルドーザーで作り、鉄板を敷くので、僕は驚きました。すると、すぐ米軍の飛行機は飛び立つことができました。われわれが時間をかけて作った飛行場を、米軍は、数日で作ってしまいました。

駆逐艦に乗り換えて、二三〇〇名の部隊ですが、第一艇団が駆逐艦で九〇〇名くらい、ガダルカナルに上陸しました。一木支隊は、八月一七日に上陸しました。敵の妨害もなく、上陸し、すぐに戦闘に入りました。夜に続いて、攻撃を続けました。そして一八日の夜と二一日にかけて、一木支隊の攻撃が始まりました。アメリカは二万名も上陸していたのに、一木支隊は九〇〇名くらいです。かないませんでした。

一木支隊の隊長は自害し、全部が二一日の朝までに、きれいに死んでしまったのです。そんなことも知らずに、駆逐艦に乗って、後を追った第二艇団は、八月三〇日、無事、月の美しい夜、白い砂浜に上陸しました。その時、我々一木支隊の生き残りが海岸確保していましたので、難なく上陸することができました。

昼はジャングルの中にいて、夜は行軍を続けました。でも、なかなか進めません。そして、食べるものが無く、やしの実を割って、その水を飲みながら、行軍を続けました。「武士は食わねど高楊枝」といいますが、そんなものではありません。

九月一四日の夜、飛行場付近に青葉支隊から命令が入りました。総攻撃をするということでした。その時の私の考えでは、「今度は取れるだろう」ということで、飛行場の攻撃をするのですが、我々の一木支隊と青葉支隊の両方の通信を任せられました。我々の通信というのは、玉を飛ばす場所などを、伝えるのが役割でした。

一四日九時、総攻撃の日でした。「打て」という攻撃命令で、左右から打ち始めました。「総攻撃なのにこんな静かな戦争があるか」と思いましたが、下の方の相手の前線はシーンとしていました。後で解ったことでしたが、青葉支隊や他の連隊は、ジャングルに阻まれて近づけませんでした。そして結局、総攻撃はほとんどできませんでした。

九月一五日、第二回目の総攻撃を始めました。敵軍は、鉄条網はがっちりと構え、歩兵連隊はただ突撃する。「これならばいけるな」と思ったのですが、一五日の朝になると、飛行機で攻撃をし、戦車も現れて攻撃しました。二、三の部隊は鉄条網を破り、飛行場に突入したのですが、あとが続きません。せっかく鉄条網を破って入った部隊も、ほとんどが戦死しました。青葉支隊長から、一〇時頃に「退却せよ」という命令が入りました。傷ついた者を背負って、撤退しました。通信や鉄砲を投げてもいいから、これは大変なことなのですが「撤退をせよ」ということで、青葉支隊の司令部のある小高い丘に向かって行きました。

食べるものはほとんどなく、水だけです。山の中は、やしの木もなく、棘のあるつる草だけです。途中でバタバタと動けなくなって、倒れていく者がいました。水を汲みに行ったときに、体半身を水の中に口をつっこんで死んでいる兵隊を見ました。その周りには、赤茶けた家族の写真が散らばっていました。子どもの姿も映っていました。

日中は四〇度くらいです。赤道直下は、からっとしているのですが、それでも歩くのは大変です。山越えを始めてから一八日目、青葉支隊の捜索隊に遭遇するのですが、「一山越せば、海が近い。元気を出して山を登ろう！」ということを聞かされました。

そして、山の上から下を見ると、海岸沿いのやしの水が飲める、と思いました。空を見ると真っ青で、コバルトブルーの海と紺碧の空が油絵を見るような気持ちでした。

そして、連絡がついたのですが、われわれはヤシの実を探しに行きました。やしの実は三つくらいで、満腹になります。そして枯れて落ちている古い実もとても甘い。割って、「やしりんご」と名づけて、食べました。私は、やしのおかげで、生き延びてきたのだと思います。

南の空は綺麗です。夜は、南十字星が見えて、とても綺麗です。十字架のようで、静かな夜の星を見て、静かな夜で、「いったい、どこで戦争をやっているのか」と思いました。

二、三日後、連絡のために歩いていると、後ろからとぼとぼ歩いてきた兵隊がありました。同郷の少年兵の時から一緒の兵隊です。声をかけると、「こんなところで死んでたまるか。一緒に札幌に帰ろう」と声をかけ肩に手をかけ歩きました。僕は、その日も疲れていて眠っていました。そして夜中に銃声がしました。僕は、はっとして彼の体を探しましたが、彼はいませんでした。朝になって、彼のことを探しました。一〇メートルくらい離れた木のくぼみに彼は、自らの命を拳銃で絶っていました。

僕は、それを見て、**もう、涙も枯れ果ててしまいました。僕の足手まといになるまいと思ったのでしょう。**

うじがたかり、はえがたかり・・・。

最後にいうことは戦争は、本当に残酷・惨めなものです。戦争があったら、この、この小さな子どもたちも、皆死んでしまいます。戦争は、絶対にいけないということです。

海岸にきれいなやしの木がありました。やしを見てこれは大丈夫だと思った。食べる物がなかったが、やしの実三個食べると腹いっぱいになった。やしが乾燥するとやしりんごと言ってそれをかじると甘い。やしの水が乾燥して油になったもので、おいしく、栄養もあるコプラです。

その後、最後の撤退までの話をします。

二師団司令部に着くまで、我が部隊には無線機も電話もない。乾電池もない。僕は通信係だったので司令部まで歩いて連絡するという役目でした。

第三回目の総攻撃をやる事になりました。一〇月二五日。

徒歩連絡で狭い道路を歩いていると二mおきくらいのところに兵隊がゴロゴロ死んでいます。腐って異臭を放っています。人間の腐った臭い。魚の腐ったものとも違う。鼻につくような臭いとも違う。表現のしようがありません。一度に死んだのではない。アバラ骨がしっかりしている者。手の骨もそのままで、ハエがたかっています。日本にいるハエより大きいです。うじが目、鼻、口にたかって出入りしています。人間が死んだら、野垂れ死にするとそういうことになります。それが人間の死に様です。

第三回の総攻撃は、今度は絶対負けないと勢いもって行くのですが、雨の中、前線へと進んで行きました。雨を見て「万歳攻撃」も駄目と思いました。大本営から派遣された辻参謀が、飛行場が取れたら「万歳」という信号を送ることになっていました。雨を見て信号を送れないと思いました。危ないと思いました。ジャングルは真っ暗です。その中で、目的地を見つけてはそこに向かっていく。予定攻撃時間二〇時です。多くの死者を出しました。

夜があけて二六日の昼に見ると、米軍は飛行場を拡張していました。この時ばかりと飛行場に入った隊もありましたが、後が続かない。飛行機も低空飛行で撃ってきます。小型の戦車がめちゃくちゃ撃って歩きます。我々は壊滅状態です。

那須少将の命令で後方に下がれと命令を下し、二六日一〇時頃撤退で作戦失敗。一二時頃、那須少将から後退命令。米軍は鉄条網は超えてきません。第三回目の総攻撃は失敗したのです。

第三回目の総攻撃後、放棄か玉砕させるかのところ、天皇の声があり「出来るだけ兵隊を助けろ…」と。

名古屋の矢野部隊の六〇〇名が上陸してきたので、第四回目の総攻撃するのだと思いました。ところが、これはおとり部隊だったのです。撤退作戦をやるために来た部隊でした。前線におとりにたてて、その間に撤退する。矢野大隊長は先頭にたって攻撃するのですが、米軍も新しい元気の良い兵隊が来たので、また総攻撃ではないかと錯覚しました。

撤退開始をしました。第一回は、正月開けて二月の二日五〇〇〇名ほど青葉支隊です。第二回は、二月五日。九州から来ている岡部隊、五〇〇〇名ほど、うまく撤退できました。

第三回は、最後の撤退です。私たちの一木支隊。我々の部隊。一木部隊の生き残り六〇〇名とその他合わせて三五〇〇名が、最後の二月七日に無事に撤退できました。我々一木支隊は一回目に上陸し、そして最後に撤退しました。

撤退の方法は、二月七日夜八時までにカミンボウに集結し、大発動艇に乗って駆逐艦に乗るのが第一の案。駆逐艦妨害で入れない時はブーゲンビル島に向かうということでした。

夜の八時くらいまで前線で矢野部隊前線の大砲の音がしていましたが、そのうち聞こえなくなりました。最後の玉を撃ち尽くして、武器を捨て終結を急ぎました。矢野部隊も全員、舟艇に集まってきました。しかし、九時になっても駆逐艦が入ってきません。

いくら兵隊でも、首を吊って自殺するなどはできません。九時くらいに駆逐艦が入り、「駆逐艦が入った」と声があがり、信号弾が沖合いに上がりました。

大発動艇のエンジンをかけ、沖の駆逐艦の方向へ進んでいきます。最後の一人は、舟艇は栓を抜き沈めました。駆逐艦の両側に大きな網をたらして、それにつたわって登りますが、途中で上がれなくなる人もいました。白い服の若い水兵が我々を引き上げてくれました。そして、全員無事乗艦。

ブーゲンビル島の岬に朝六時に入港できました。入港後、入院する人もいたし、ブーゲンビル島についてから死んだ人もいました。

この様子をアメリカのモリソンという歴史家が、「これほど見事な撤退作戦はない」と言ったそうですが、なぜこんなにうまく行ったのか。それが、日本陸軍が受けた「命令どおり動く」教育です。海軍は駆逐艦が沈められたくなかったにも関わらず、陸軍を助けてくれました。**多くの人が国のためだと信じてジャングルの草葉で米も食べずに、若い命を散らしたのです。**

私は今、つくづくと考えるに、若い頃、国のために若い命を散らしたというのが、残念なことをしたと思います。**皆さんにわかってほしいと思うのは、戦争とは残酷なことだということです。**

日本はガダルカナルの戦いで二四隻、アメリカは一三万人以上の兵士をガダルカナルの海に沈めておりますが、アメリカはあまり堪えませんでした。それは、補充力のある、強い国ですから…。日本は、九〇〇機という飛行機を失い、二五〇〇名ほどの少年航空兵あがりの優秀な航空兵も海の藻屑となっています。

最後のあがきとして、特攻攻撃というのがありますが、今でいう自爆というやつです。これは、さっぱり、何の成果も上がらなかったのです。世界に無敵といわれた大和魂も、アメリカの科学的な兵器の前には絶対に通用しないということを、私は皆さんに言いたいと思います。

食べるものの無いジャングルの中で、命を散らしたのは、若い男性でした。戦争のために狩り出されたのでした。死んだものは語ることはできません。生きた我々が語らなければ・・・。

戦争は、残酷、悲惨です。再び戦争の起きない時代にするために、皆さんにお話をしました。ここにいるかわいい、大事な子どもを死なせないために、皆さんに努力してほしいと思います。まだ時間がありますが、皆さんには、「平和・平和」と叫んで終わりたいと思います。

3、参加者から二郎さんへの質問

——部隊は、地区ごとによって編成されているのですか？名古屋とか…。

二郎：そうですね。当時の陸軍は、何千とありました。例えば、岡部隊と言えば九州、熊本が主です。ところが、終わりごろになりますと、補充兵と言って、三十二、三十三 歳の兵隊が集められていました。我々のころの現役兵は、出身地が固まっていました。ただその他に一木支隊の中に、特殊部隊が入ってきました。それから僕は通信でしたが、ガダルカナルに行きました。通信兵はそんなにいませんでした。

——どんな風に通信の機械を使ったのですか？

二郎：通信は、有線と無線の二つに分かれていました。それから手旗信号もあって、海軍と交信する時には使いました。夜になると蛍光器といって、手で発電するものを使いました。だいたい通信というのは、そのくらいでした。飛行機は無線ばかりでした。

――恋仲だった彼女の話がでてきましたが、ガダルカナルから帰ってからは会えたのですか？

二郎：みなさんにおのろけのような。ガダルカナルから帰ってから、いの一番に会いに行ったのですが、今の女性とは違います。彼女は、看護学生でした。フィリピンのマニラの赤十字病院に配属されて、マラリアに冒されて死んでしまったということを、彼女の姉に聞き、僕は唖然としました。男だけでなく、女性もそんな風だったということをお知らせしておきます。

――通信班で、暗号なども使ったのですか？

二郎：通信班の中には、必ず暗号班というのがあります。暗号班では、みんな暗号を解読していました。ミッドウエー作戦で船が撃沈されたとか、飛行場を作っているという情報も、アメリカに全て暗号を解読されていました。ガダルカナルも同じですが、飛行場が明日、できるという時にアメリカ軍が上陸して来たのですが、現地のポリネシア人が暗号でもってアメリカ軍に伝えたのです。その前の日に、ガダルカナルに上陸したのです。こういうことで、通信も暗号を使ったのです。

——無線機を捨ててから他の島との連絡はどうしたのですか？

二郎：これは他の島や、そういうものは連絡できません。青葉支隊の本部に一機無線があり、大本営には、二台拠点の通信は、最後まで通じました。トラック島の海軍とは連絡がとれていたようです。もう少ししたら、(戦争が長引いていたら）連絡ができなくなったのではないですか。

——戦争が終わるときは、最後は、九州でしたね。終戦のあたりのお話を聞かせてください。

二郎：これは終戦が八月一五日ですが、僕たちの部隊は秘密部隊というものの一週間あたりで、背嚢にショベル、毛布、もてるだけのものを背負って、移動しました。復員軍人は無料でしたので帰りました。広島のあたりを通ったときに、原爆のドームが見えたのが、忘れられません。僕は札幌の郵便局に勤めていましたから、母親が僕のいない間に、局から給料をもらっていましたから、すぐに働きました。仕事と生活ということですが、一年半くらい勤めていました。物価がどんどん上がっていきましたから、親子二人ですから、高い闇米を食べなくとも良かったので、比較的楽でした。一九四六（昭和二一）年五月五日、札幌大火で三〇〇戸焼けたということがあり、すっかり何も無くなりました。幸いおじさんの家が大きかったので、母親と二人でしたから、何とか暮らしました。「何とか家を建てなければ」と思い、研究をしましたが、できない。建築の会社に就職して、安く家が建てられました。その後、買い取りました。引き上げが増えて、アパートが足りないということになり、アパートを始めました。それで割と楽でした。そのおかげで、僕の二人の息子、皆さんと交際している人裕と、兄を大学まで出すことができました。

それでは、ちょうど約束の時間になりました。平和な日本を作ってください。そうでないと、今ここにいる孫や、他の子どもたちも狩り出されますよ。これからは、原子爆弾で吹き飛ばされますよ。

――日本は、一見、平和で豊かな毎日が続いています。そして、戦争の惨禍を体験したことのない世代が大半を占めるようになりました。二郎さんは戦争の悲惨さ、恒久平和への想いを込め、自らの戦争の体験を語り伝えてくれました。平和の大切さ、尊さを考える時間になりました。

第4章　基本情報

1、ガダルカナル島の戦い

一九四二年八月七日から一九四三年二月七日迄行われた【ガダルカナル島の戦い】は、大東亜戦争（太平洋戦争）における陸戦のターニングポイントとなった。海軍の敗北の起点が、ミッドウェー海戦であったとすれば、陸軍が、陸戦において初めて米国に負けたのが、ガダルカナル島の戦いである。

ある記述によれば、米国側は、「ガダルカナルとは島の名ではなく感動そのものである」と述べ、それに対し日本側は、「それは帝国陸軍の墓地の名である」とそれぞれ書いている。この戦闘以来、日本は守勢に立たされることになるのである。

この戦いで、上陸した陸軍総兵力は三一四〇四名。うち、撤退できたものは一〇六五二名、撤退以前に負傷・後送された者七四〇名。死者・行方不明者は約二万名強であり、このうち直接の戦闘での戦死者は約五〇〇〇名。残り約一五〇〇〇名は、餓死と戦病死だったと推定されている(Wikipedia 参照)。

補給路が断たれ、大量の餓死者を出した為、別名【餓島】（飢餓の島）と呼ばれる。（ちなみに、ブーゲンビル島は、当時、【墓島】（ボーゲンビル）と呼ばれていた）

参加陸軍将兵の主な出身地は、旭川、新潟、仙台、福島、静岡、岐阜、名古屋、福岡などで、今尚、約六九〇〇名が行方不明となったままである。毎年、日本政府の未送還遺骨情報収集団、及び自主遺骨収集団が来島し、捜索を続けている。

2、ガダルカナル島の概況

1、概要

ソロモン諸島は、北西に位置するパプア・ニューギニア領ブーゲンビル島から南東約一六七〇㎞にかけて、六つの大きな島と、約一〇〇〇以上の島々から成る群島国家である。日本の南南東約五五〇〇㎞、パプア・ニューギニアの東方、オーストラリアの北東に位置する国。

国名　ソロモン諸島（The Solomon Islands）
面積　二九七八五㎢　（四国の約一・五倍）
人口　約五三万人
首都　ホニアラ市（ガダルカナル島）
人種　メラネシア系（約九三％）が主で、その他ポリネシア系、ミクロネシア系、ヨーロッパ系、中国系

言語　英語（公用語）、ピジン英語（共通語）
通貨　ＳＢＤ（ソロモン諸島ドル）
政体　立憲君主制
宗教　人口の九五％以上がキリスト教、他は、地域固有の精霊信仰。

2、略史
一五六八年　スペイン人メンダナ、サンタ・イザベル島に来航
一八九三年　英国、南ソロモン諸島領有を宣言
一九〇〇年　英国、独より北ソロモン諸島を取得
一九四二年　日本軍、ソロモン諸島を占領
一九四三年　激戦の末（戦死者約二万人）米軍に奪取され、日本軍撤退。
　　　　　　一九五〇年まで米軍が駐留。
一九七六年　「ソロモン諸島」として自治政府樹立
一九七八年　七月七日英国より独立

3、気候
ソロモン諸島の気候は、熱帯雨林気候で一年を通して高温多湿である。ホニアラの気温は、沿岸部で平均二九度前後であるが、内陸部に入ると最高気温は三五

度まで上がる。
五～一〇月が雨の比較的少ない乾季、一一～四月が雨季にあたる。降水量は、乾季（八月）で約一〇〇㎜、雨期（三月）約三五〇㎜。乾季には、南東の貿易風が吹き、過ごしやすい日が続く。また雨季には北西の貿易風が吹き、気温が緩和される。雨季にはサイクロンも発生し、激しい雨が数日降り続く事もある。

国旗　一九七七年一一月八日に制定。五つの星は、五つの主要な島（ガダルカナル島、サンクリストバル島、マライタ島、サンタ・イサベル島、チョイスル島）を示している。青は諸島を囲んでいる海、緑は陸地、黄色は日光を象徴している。

ガダルカナル島 ホニアラ空港にある平和の鐘

あとがき

今回、ガダルカナル島への旅（私にとっては、慰霊・散骨の旅）、戦没者遺骨収集（私にとっては、父の戦友のご遺骨）を目の当たりにして、いろいろ考えさせられることがあった。まだ、遺骨収集経験の浅い私は、派遣の在り方や具体的な方法等について、意見する立場にはないし、そんなおこがましいことをする気は毛頭ない。だが、逆に一般人として（もしかしたらジャーナリストとして）、疑問を感じた部分はある。その点につき、記しておこうと思う。私の意見や書いたことが正解だとも思っていない。単に、考えさせられたのである。

後始末

「後始末をきちんとしなさい」

「後始末をしないとご飯をあげませんよ」

私たちは小さい頃、よく大人から（特に親や幼稚園の先生から）、こう言って、後始末の習慣を躾られたものである（私だけかもしれないが…）。時に一緒に後始末（後片付け）を手伝ってくれた。部活でも、アルバイトでも、「後始末をきちんとしなさい」は、よく言われたセリフである。

そして、親からも、学校の先生からも、少年野球のコーチからも、職場の先輩や上司からも（そして、妻からも）、このように教えられた。

終点は次の出発点である。後始末をしなければ、次の仕事が始められない。迷わず、今すぐにやる習慣をつけよう。出勤前の慌ただしい朝、家を出る前に、本来その場所にあるはずがない物に足を引っ掛け、「昨夜、元に戻すのを怠ったな」と、後悔する。心を入れ替えてみるが、三日坊主で終わることも多い。必要なことはわかっているし、「やらねばならない」と思いつつも継続しにくいのが、後始末である。後始末とは物事の終点であると同時に、出発点でもある。けじめをつけるために、速やかに行なうのが望ましい。小さいしめくくりでもそれを怠ると、大きな失敗につながる。

また、「発つ鳥跡を濁さず」とも言われる。立ち去る者は、見苦しくないようきれいに始末をしていくべきという戒めであり、引き際は美しくあるべきだという故事である。私の父は、私の大学卒業の時、「発つ鳥跡を濁さずというように、部活最後の日は部室を綺麗に片付けて、世話になったなと後輩に酒をおごり、気持ちよく卒業してこい！」と言って、特別に仕送り金額を増やしてくれた。

テストの復習でも、出張の報告書でも、それが終わったとき、すぐやらないで、タイミングを逃すと、おっくうになり次第にやりにくくなる。それは誰もが経験していることではないだろうか？

ガダルカナル島に行って改めて思ったが、戦争の後始末ってなんだろうか？ 要は、戦後処理である。

日本政府は、国民に対して、これらのことをしているのか？ という疑問がある。

霊魂がいる（ある）かどうか、その真実は分からないが、万歳突撃隊員の霊、野たれ死に兵士の霊、壮絶戦死霊、犬死戦死霊、マラリア死霊、栄養失調死霊、下痢死霊、餓死霊、自決者霊、とにかく、まだ、たくさんの霊が成仏できずに、土中の白骨の近くで彷徨っているのではないか？ そんな風に思えるのである。国民は、政府にこれらについて説明を求めていいし、メディアは、政府がこれらのことをしているかどうかを監視しなければならない。これが、メディアの使命である「権力の監視」であり、「国民の知る権利への奉仕」である。

私は、日本は戦争の後始末ができていないと思う。これらがある程度できているのであれば、国民、メディア、政府のスタンスが戦没者遺骨収集に大きな興味（もしくは、それなりの）を示すはずである。

すべての日本兵のご遺骨を本国に迎えることは不可能である。しかし、できる限りのことはすべきである。赤い紙一枚で、外地に兵士を送り出したのであるから、

その人たちのご遺骨がどのあたりにあるかは分かっているのであるから、分からない人の分を探せとまでは言わないが、せめて分かっている人の分だけも、本国へ帰還できるように最大の尽力をするべきであろう。

具体的には、国家はもっと予算をつけて、志ある団体や個人を援助すべきである。中には、某国で戦没者ではない人の骨を掘り出して、遺骨収集を商売にした人もいたので、やり方に工夫はいるが、それはちょっと知恵を絞れば、対策を立てることは可能だ。

県会議員や国会議員は、北方でも南方でもいいが、戦没者遺骨収集に参加すべきである。参加できないのであれば、せめて視察をすべきである。全員とはいわないが、地元の部隊が外地へ出征したので、そこを地盤とする議員や、防衛族の議員は、遺骨調査や遺骨収集を体験してもらいたい。戦争の結末を自分で体験した上で、施策し、法案を作成してもらいたい。

戦争の傷跡、ご遺骨は時代とともに風化していく。日本は戦後一〇〇年以内に戦後処理（後始末）をするべきである。

遺骨収集で出会った、あるジェントルマンという感じの、素晴らしい遺族の方

Weekend

In search for a dead uncle

を紹介したい。

　その方のおじ様が海軍航空隊の搭乗員で墜落して戦死したことは分かっているが、機体や遺骨収集は不可能だということは知っている。

「搭乗員だった私のおじさんの骨は見つけることはできないけど、陸軍の南方の島で亡くなった方の遺骨は見つけることができる」と言って、遺骨収集に参加している方だった。

　彼が挨拶をするといつも出るセリフがある。

「私たちは、遺族です。だから、生きて元気なうちは活動を続けます。でも私たちは、あと何年間かで死にます。是非、ここにいる若い方々に、できればこの活動を引き継いでもらいたいです。ぜひよろしくお願いします」

　期間中に三回は、この言葉を聞いた。個人的に話しても、紳士的に同じ趣旨の話をしてくれる。これを聞くと、「来年も来よう！　仲間を増やそう！」と思えてくるし、あと何年かわからないけど、彼と一緒に活動したいと思う。

父も生きていれば一〇一歳だ。「戦友」の方も存命であれば同じような年齢だから、すでに高齢で遺骨収集をできる年齢ではない。彼らは戦後間もなくして、戦友の遺骨収集を始めたという。その費用は、すべて自費であったそうだ。何としても戦友の骨を祖国に帰したいという思いであったと思う。

父も「戦友」の一人だ。彼は、戦友の遺骨収集には加わらず、自分が骨となったら、「戦友」の元に行くことを選んだ。今となっては、その理由を聞くことはできないが、父が、どうしてそう思ったのかを感じながら、活動を継続しようと思う。

世代交代

戦後70年以上が過ぎ、世代交代が起きている。だとすると、先代から何を受け継ぎ、次世代へは何を繋ぐ必要があるのか？

世代交代には原則があると思っている。それは、「変えてはいけないこと（もの）と変えてもいいこと（もの）」、変えなくてはいけないこと（もの）がある」ということである。

よく会社経営で例えられるが、経営は「経」と「営」に分けられる。「経」とは、普遍・不変で、道・理・徳などいわれるもので、時代が変化しても変わらない原理・原則・理念・基本方針であり、「営」とは、応変・可変で、技・術・才などといわれるもの、事業や物事を上手くいかせる方策を考え、実行することである。

この「経」と「営」が上手く、掛け合わされて、「経営」となるのである。だとすると、まず、この「経」と「営」を明確にし、その後に、引き継ぐのは「経」の理念である。この「経」と「営」が明確でないと、事業継承を議論しても、不毛の議論となり、感情的になってしまう。

例えば「大きな声で言えないけど、日本兵の鉄カブトなど、現地人が売りに来るんだ。また、それを買ってしまう日本人がいるんだ。だから、毎年価格が上がって行くんだ」とも教えて貰った。

では、戦没者遺骨収集の「経」と「営」をどのように分けたらいいのであろうか？

最後に、本書を亡き父釣部二郎に捧げたいと思います。

２０２０年6月18日
釣部 人裕

【釣部二郎プロフィール】
1918（大正７）年５月20日生まれ 享年八九歳。
札幌商業学校卒業後 郵便局貯金保険課に就職。3年後21歳で入隊。ガダルカナル島で第一次総攻撃から第三次総攻撃までの6カ月間を戦う。1945年8月15日、九州鹿児島で終戦を迎える。中央大学法科にて一年間学ぶ。その後、北海道札幌市にて 第一次建築業者として生活。2男を儲ける。

【釣部人裕プロフィール】
1961年6月、二郎の次男として生を受ける。北海道の高校教諭（10年間）経て、民間企業に転職。その後ジャーナリストになり、現在は、万代宝書房合同会社 代表社員。(一社)関東再審弁護団連絡会 代表理事。

ガダルカナル島帰還兵が語る！～平和への願い～

2020年6月18日　第1刷発行
2022年8月15日　第2刷発行
著　者　釣部 二郎
　　　　釣部 人裕
編　集　万代宝書房
発行者　釣部人裕
発行所　万代宝書房
〒176-0002 東京都練馬区桜台1丁目6-9
渡邊ビル102
電話 080-3916-9383　FAX 03-6883-0791
ホームページ：http://bandaiho.com/
メール：info@bandaiho.com
印刷・製本　小野高速印刷株式会社

落丁本・乱丁本は小社でお取替え致します。

ISBN　978-4-910064-24-6　C0036

装丁・デザイン／伝堂弓月